KB020246

그날 밤 물병자리

시인의일요일시집 **024**

그날 밤 물병자리

1판 1쇄 찍음 2024년 1월 20일
1판 1쇄 펴냄 2024년 1월 26일

지 은 이 황형철
펴 낸 이 김경희
펴 낸 곳 시인의일요일

표지·본문디자인 노블애드
경영지원 양정열

출판등록 제2021-000085호
주   소 경기도 용인시 기흥구 연원로42번길 2
전   화 031-890-2004
팩   스 031-890-2005
전자우편 sundaypoet@naver.com
블 로 그 https://blog.naver.com/sundaypoet

ISBN 979-11-92732-15-2 (03810)

값 12,000원

* 이 책은 ⊙ **광주광역시** GWANGJU CITY ㄸ **광주문화재단** Gwangju Cultural Foundation 의 2023년도 지역문화예술육성지원사업으로
지원받아 발간되었습니다.

그 날 밤 물병자리

황형철 시집

시인의
일요일

되레 자학에 가까운 시간을 지나왔다. 이제 와 꼴
을 보니 결핍이 글썽글썽하다. 어떤 매력이나 쓸모
를 생각한다면 버려야 마땅하나 중언부언 애써 붙
들고 있다. 이런 걸 대개는 운명이라지. 거듭거듭
시를 짓는 나에게 미안하다. 누구라도 알뜰히 살피
어 손을 잡아 준다면 큰 위안이겠다. 멀리 왔으니
남은 게 얼마 안 될 것이다. 놓친 바람을 재빨리 따
라야 한다.

| 차례 |

1부

2부

4부

언제 한번을 사랑하지 않을 수 없지 |
유성호(문학평론가, 한양대학교 국문과 교수)

1부

목필木筆

밤사이 채마밭에 무명천이 깔렸다 벌떼처럼 날리다
가 어느새 가만사뿐 뜰에 앉으니 게으름이 움직였다

이만하면 별 공을 들이지 않아도 스스로 발아하여
목련을 얻겠다 귀한 연꽃 곁에 두어 여가는 풍족하고
열매를 따면 공손히 술도 담가야지

무엇보다 꽤 고급스러운 목필 한 자루 갖게 될 테니
투명하게 먹을 갈아 새가 앉은 나무에 시를 곁들여 보
내야겠다

화답을 기다리는 동안 술 익는 향기 백 리를 가서
취기에 젖은 사람들 차고 넘치고

어지러운 관계로부터 거리가 생겨 제법 멀고 새로
운 데까지 가 볼 수 있는 기운이 활짝 피고 말리라

뜬구름

소원이 하나 있다면
얼마간 구름의 주인이 되는 것

평생 떠돌 수 있는
가벼운 무게를 가졌고

우레와 번개 아무리 법석거려도
본디 모습으로 잊지 않고 돌아와

말없이 흘러가는 게
구름에게 주어진 소임이니까

산그림자 번지는 고요를
익힌 후라면

뭐라도 안 될 게 없다는 기분이
뭉실뭉실

물러서는 법이 없고
허허공공에도 비틀대지 않으니까

눈도 비도 품어서
바람을 밀며
줄렁줄렁 나아가고 싶어

거든거든

수원지가 숨어 있나
세상 가장 강건한 자세로
지치는 기색도 없이

폭포 아래 이르니
어느 이의 굵은 발걸음

수직 꼬리를 물고
끝없이 낙하하여 가는데

무른 내 구두 소리와 다르게
멀리 나아가고 있다

다시 돌아갈 수 없도록
아득한 낭떠러지 만드는
결심은 무엇일까

절대 돌아오지 않을 거야

나도 울울한 심사 물처럼 쏟아 내고
모두 던진 적 있어

머지않아 후회하고 말아
아무리 위를 살펴도 소용없었어

수직이 모이고 섞이면
수평이 된다는 것을 알고부터

세상에 건너지 못할 협곡도
이기지 못할 어둠도 없게 되었다

등 좀 긁어 줘

제 몸이지만 손이 닿지 않아

누구라도 쉽게 설 수 없는
수직의 캄캄절벽

아득히 깊은 극지 바라보다

좀처럼 갈 수 없는 먼 곳까지
손끝에 체온을 실어 오가는 사이

너조차 잘 모르는 네 모습
손톱에 흰 달처럼 새겨 넣고

사는 게 소란스러울 때
어떤 여지 같은 게 필요하다 싶을 때

등 좀 긁어 줘, 하는 자리에 숨고 싶어

짐짓 아무 일 없다는 듯
가 본 적 없는
내 낯섦도 수줍게 내밀며

나도 좀 긁어 줘

좀 걸어 보는 일

거창한 목적이 있는 건 아니지만
끼니를 챙기듯 긴요한 일

자동차도 오토바이도
헐떡이며 지나가는 숨 가쁜 도심에서
우직하게 걸어 보겠다는 것은

지렁이도 달팽이도
자기 길 열심히 가는 매진과 마주하는
산뜻한 발견의 일

어쩌다 마주한 능소화 앞에서
슬쩍 담을 넘보기도 하고

혼잣말 엿듣는 참새 떼와
자꾸 뒤를 따라오는 꼬리구름에게
핀잔을 주기도 하면서

지나는 것들에게 곁도 내주고
고요히 깊어지는

별것도 아니지만 진짜 별도 볼 수 있는

좀 걸어 보는 일

숟가락 열쇠

미루나무 두릅나무 찔레
직박구리 소릿결

메아리처럼 번져
산을 쌓고 물살을 밀고
벌판이 넓어지고
저녁이 오고
달이 밝아지고

어떤 여닫음이
이토록 동글할 것인가

문고리를 벗겨 볼까
욕심이
찰까당 찰까당

주인을 멀뚱히 기다리며
푸르게 뻗어 나는 건

세상 순한 열쇠 때문인데

숟가락과 문고리
사분사분한 관계를 가만 바라보며

이 둥근 평정平靜을 곁에 두고서
소연히 흘러가는 나이쯤 아랑곳없이
숭굴숭굴 너그러워지고 말았다

멀고 먼 절반

돌아누운 아내 등을 보고
촌수마저 없는 이이를 참 몰랐다는 생각

정작 몸의 딱 절반인데도
제대로 본 적도 안은 적도
옷 속으로 슬쩍 손을 넣어 본 적도 없는

아득히 깎아지른 저 아래 후미진 곳에
깨지고 흩어진 별자리와
열흘을 채 피지 못하고 떨어진 꽃봉오리만 가득

꽃 본 나비처럼 평생 살겠다는 거짓말에 속아 준
아내의 절반이
오늘 밤은 아득히 멀고 멀어서

건널 수 없는 절벽 하나씩 갖고 사는 게
부부인가 싶기도 하였다가

다른 절반을 튼튼하게 받치고 있는
절반이 짠했던 것인데

벼랑 끝 틈새 흙 한 줌 잡고서
기어이 피어 있는 노루귀를 보았다

근사한 유작

꽃놀이가 보고 싶다고 해야 하나
호접몽이라고 해야 하나
거짓말은 내번에 눈치채는 당신인데
긴 외출을 앞두고 마땅한 핑계가 없고

짓다 만 집集은 초원에 내놓아 줘
두 귀가 멀도록 힘차게 달려온 말들이
밟고 밟아서
흔적 없이 사라지게

발굽 소리 중 씩씩한 것만 골라
경쾌하게 행진곡을 만들 거야
손가락 크게 펴고 괜찮은 듯 흔들어야 하니까
사막 하늘 비추는 별이 돼야 하니까
어때 근사한 유작이 되겠지

훗날 어느 깊은 곳에서 퇴적층이 발견되면
대왕고래였으면 좋겠어

아무리 먼 곳에 있어도
내가 부른 휘파람이 닿을 수 있게
세상에 두 번 없을
오늘을 기억할 수 있게

아내는 달팽이

고작 일박이일 여행인데 아내는 안절부절 바쁘다

불룩한 장바구니 식탁 위에 쏟으며 육수는 이러쿵
두부는 저러쿵 조리법을 알려 주고

알았어 알았어 한쪽 귀로 듣는 둥 마는 둥

세탁기는 쾌속으로 돌려 뒀으니 이따 널기만 해 이
리 와 봐 보일러 알려 줄게 빨리 와 봐

그냥 틀어 놓고 가면 되잖아 이불 속을 파며 매사
건성이다

하루만 비워도 미덥지 않아 일러주고 당부할 게 줄
줄이다

가장이랍시고 목에 힘만 줬나 두옥이나마 이만치
세운 건 마를 날 없는 작은 손이었나 뜨끔한데

쫑긋 더듬이 세운 채 와사蝸舍를 짊어지고 나서는 달
팽이 있다

집에 와서 자고 가

하루가 멀다고 붙어 지내던 형이
집에 와서 자고 가란다
옛 시절 술병보다 흉하게 쓰러져
이 새끼 저 새끼 누가 누구 새끼인지
계통도 혈통도 무시하고 족보를 꼬았지
실패뿐인 연애부터 문사철까지
맥락 없이 떠들다가
술집이며 들판이며 애인에게 뛰쳐나갔어
이젠 밤새워 폭음할 체력도 안 되고
속이나 달래자고 라면을 끓이지 않는다
담쟁이처럼 벽을 덮은 책이 고작이던 때가
졸업앨범처럼 바래 가고 있기는 할 텐데
큰맘 먹고 나선 길에 모처럼 만나도
객쩍은 돌발은커녕
볼록한 뱃살 앞에 다 먹지도 못할 음식을 두고
막히기 전에 내려갈 걱정이 앞서
우리는 예전과 비교할 수 없이 평수 넓은 집도
어디라도 갈 수 있는 자동차도 가졌는데

먹어도 먹어도 심장 아래 허기가 남아
여러모로 생각이 드는 것이다

마늘

이십여 년 전 사별하신
아버지 국민학교 친구분께서
서까래에 매어 둔
마늘 서너 접을 내리며

그놈의 간 데가 어딘가
가 버리면 영영 오덜 안햐
연락도 안 되고

눈물도 다 말라
바짝 푸석해진 목소리
마당에 흩어지고

겨울만 되면 으레 빈빈하던
아버지 마른기침도 허공에 쿨럭거리고

나는 마늘 몇 쪽을 깨문 것보다
더 얼얼하여

멍하니 지붕 끝만 쳐다보았다

당신의 손금을 보았네

바닥을 보인다는 게
사방에서 꽂는 해적 룰렛의 칼 같아서
먼서 악수를 청하기 꺼리는 건
잘 고쳐지지 않는 습관

숫자를 셀 때 새끼손가락부터 펴는
당신에게
괜히 맹세라도 걸어 볼 게 있나 싶은데

하나 둘 셋
천천히 드러나는 손금을 보고 있자니
지루한 슬픔을 노래하는 목소리와
한 박자 빠른 리듬으로 땡볕도 장마도 지나고

질문이 많은 눈과 입은
봄날 꽃잎 같아
사람은 평생에 몇 번 벚꽃을 볼까*

생의 개화기는 어디쯤 오고 있을까
모르는 사이 지나가 버렸을까

자꾸 먼 데로 향하는
시선 애써 돌리며
밖으로 뻗은 선을 살곰이 바라보는 것으로
빙하를 가르는 쇄빙선처럼
뜨거웠어 나는

* 이바라기 노리코 시 「벚꽃」 중에서

어느 날 문득

술자리에서 돌아와 쓰고 드라마나 뉴스를 보다가
도 거실에서도 카페에서도 산책 중에도 심지어 똥을
누다가도 쓰는데

가장 곤란할 때는 바로 꿈에서 쓸 때다 깨어서 옮기
자니 깊이 든 잠이 아쉽고

다시 눈을 붙이자니 아침엔 잊히고 말 거라 한눈팔
다 놓친 버스 꽁무니나 보며 부릉부릉 속을 끓일 텐데

잠은 같이 자도 다른 꿈을 꾸는 것이어서 옆에 이
이는 아랑곳하지 않은 채 썼다 지우기를 반복하는데

꿈은 아무렇게나 꾸어도 해몽은 잘해야겠는데 안
절부절 참 곤란하기 이를 데 없는

2부

흰사슴자리

새 직업은 아직 발견되지 않은 별을 찾아 이름을 붙여 주는 일이었다 대개는 별 볼일 없다고 나무랐지만 지구의 시간이 닫히면 우주로 가는 길이 열렸다

우주복 한 벌은 스물한 겹으로 이뤄졌대, 우리는 서로의 겹이 되어 압력을 이겨 냈고

투명하게 빛나는 별과 별을 이어 뿔이 뚜렷해 흰사슴자리로 작명하고 섬에서 가장 높은 산에 놓아 주었다

중산간 달리며 흐느끼는 걸 옮겨 음악을 지었다 흰사슴을 보았다는 목격담이 오름처럼 흩어졌다

오늘의 별자리는 지도에 넣지 않고 간직하기로 했다 세상에 없는 점성술을 갖게 됐다

동백이 피었나 안 피었나 궁금은 하고

　삼백오십 살쯤 됐다는 화엄사 홍매에 주말 인파 몰렸다는데 한눈에 봐도 우아한 자태에 가 보고 싶은 속내 숨길 수 없지만 그래도

　동백이 피었을까 제일 궁금스럽다

　벚꽃이 활짝 전농로나 녹산로 소식은 심심찮게 오고 오동도나 선운사 같은 전국적 명소도 있지만 비할게 아니고

　동백은 향기가 없어 빛으로 새를 불러 모은다지

　큰넓궤 가는 길에 잃어버린 마을에 점점이 피기 시작할 즈음 제법 시적인 말을 근사하게 얹어서 부쳐 준다면 그 사람 평생 사랑하고 말 텐데

　누추한 뜰이나마 한 그루 가꾸어 설룹게 스러진 정낭 살그머니 어루만지며 빛으로 말하고 음악도 풍경

도 지을 것을

　남쪽 섬에서 연락이 오나 안 오나 빨갛게 속을 태우
고 있다

한통속

제주에서는 성별 불문하고
어른은 삼춘으로 통한다
성씨도 고향도 따질 깃 없이
이웃 간도 생전 본 적 없는 사람까지도
자기보다 나이가 많으면
이름 뒤에 삼춘, 한다
한라산을 가운데 두고
북쪽 남쪽이 다르고 동쪽 서쪽은 멀기만 한데
신기하게 삼춘만은 다 같다
항렬로는 아버지 형제니
삼춘 아들도 딸도 사촌이 되고
동네방네 가차운 촌수를 죄 붙여
모두가 한 집안이고 괸당이다
일 년에 여러 번 입도해도 나는 뭍 것이라
아직 닝큼닝큼 입에서 떨어지지 않아
감귤이나 까먹으며 삼춘의 내력을
곰곰 더듬어 보는데
너울에 헐고 바람에 깎여 여기저기 모난 데를

따뜻한 벳이 녹여 주는 말인 거라
먼 조카는 따져도
가까운 삼춘은 따지지 않는다지
두루뭉수리 관계를 묶는
이 촌수가 좋아서
왕래하는 일가친척이 적은 내게
누가 삼춘 하고 불러 주면
넙죽 받아서 한통속이 되고 싶은 거다

고사리 명당

비밀이랄 게 있나 싶다가도
고사리 명당은
며느리한테도 알려 주지 않으니
고사리 꺾어 말리는 일과로
봄을 지날 수 있다면 그것도 괜찮아

마을은 텅 비우고
오름이 감춘 모퉁이나 짙은 들판에 들어
고사리를 찾는 게 꼭

널브러진 비석을 닦으며
겨우내 얼었던 땅을 밀고
꾹꾹 참았던 말을 여는 것 같아

벌레들 말간 귓바퀴 같은
고사리에
떨어지는 새들 지저귐도
바람이 쓸고 간 웅웅거림도

호읍號泣이라는 걸 몰랐어

명당이라는 게
공공연히 아는 비밀 아닌 비밀일지라도
서로 모른 척도 해 주면서
허허공공 사라진 별똥별처럼
고사리가 올라오는 데를
귀신같이 알아채는
신기한 재주를 익혀 볼까 궁리하는데

은하수마저 잡아당기는 사람들 신공이
태생적으로 없는 바에야 마땅찮은 것이어서
지레 맥이 풀리기도 하는

제주특별자치도 취업난

제주도에는 만 팔천이나 되는 신이 있어
해마다 신구간이 찾아오면
옥황상제에게 업무보고차 자리를 비운다
대한 지나고 닷새 입춘 사흘 전까지
섬사람들은 일주일쯤 시간을 버는 것이라
동티날 일 없으니 눈치 볼 것도 없어
집을 손보고 새살림 들이고
미뤄 둔 나무도 벤다
부동산도 이삿짐센터도 모처럼 바빠지는데
재미있는 건 여기마저 일자리 문제가 예외 없어
신들이라고 뾰족한 수 있지 않아
고용이 불안한 일 년짜리 계약직이다
다시 임무를 받거나 졸지에 실직한 관리들이
우왕좌왕 천상은 혼잡한 며칠이 계속된다
제주도가 전국 유일 특별자치도인 까닭도
신들이 관료로 있어서라
제아무리 잘 준비된 취준생도
녹봉으로 먹고사는 게 가당찮아

낙타가 바늘구멍 뚫을 수 없으니
물질 배워야 하나 감귤 키워야 하나
이주를 염두에 두고 때아닌 걱정 보태져
현무암보다 까맣게 요즘을 둘러싸고 있다

수국 피는 계절

가장 빨리 출발하는 버스에 올랐어

얕은 수심에 놓인 징검다리처럼
정수리 예닐곱 개 띄엄띄엄 떠 있고

아슬아슬하게 건너온 강 두엇 떠올라
꾸깃꾸깃 버리고 싶은 근심을 뒤척이다
스르륵 눈이 감겼지

잠은 덜컹도 거리고 빵빵도 거리고
이따금 따스한 햇볕을 흘리다가
다른 잠을 추월도 해 가며
쌩쌩 달렸어

동에서 서로 서에서 동으로
멀리까지 가는 게 흔치만은 않으나
그것은 끝인 줄 알았던 게
끝이 아니라는 확인 같은 것

코를 열어 돌고래처럼 바다를 호흡하다
쿵쿵 유리창에 머리를 부딪쳤고
잠결에 지나간 이정표는 알 수 없었지

세 개 손가락

돔박꽃도 논냉이도 알라만다도 몰마농도 현호색도
버다웃도 설앵초도 괭이눈도 사라수도 뚜껑별꽃도
애기나리도 프랑지파니도 피는 봄

자리왓에도 금남로에도 마하무니에도 만벵듸에도
전남도청에도 이라와디강에도 다랑쉬에도 대인시장
에도 술레에도 삼밧구석에도 녹두서점에도 흐레단에
도 다를 것 없이 꽃

땅으로 하늘로 해 달 별 구름과 바람으로 손과 손
마음과 마음으로

꽃은

산을 오르고 바다도 건너고 외롭지 않고 약하지 않
고 굽히지 않고 어둠도 지우고 쇳소리도 삼키며 그곳
이 어디든 끝내는 피고야 만다 오고야 만다

봄은

무명천 꽃받침
—진아영*

산을 넘지 못한 바람의 말, 섬을 건너지 못한 파고의 말, 선인장처럼 손바닥 흔들며 애끓어 사람을 부르는 말, 자물쇠로 안팎을 꼭꼭 걸어 잠근 말

울담을 부수는 한 발 총탄에 턱이 떨어져 먹을 수 없고 말할 수 없어 밤을 지나지 못하고 고향길 꿈이라도 밟지 못해

검은 돌담 귀퉁이에 앉아 그림자마저 닳고 닳아 지붕도 골목도 하늘도 까맣게 지워져 어디도 갈 수가 없었네

월령리도 판포리도 노을에 묻혀 눈썹만 빨갛게 젖고 말아 무명천 꽃받침만 창창하게 피었네

* 진아영(秦雅英, 1914~2004) : 4·3항쟁이 일어난 다음 해 1월 한경면 판포리 집 앞에서 경찰이 쏜 총탄에 턱을 맞고 겨우 목숨을 건졌다. 그 뒤 언니가 사는 월령리로 이사와 여생을 고통스럽게 보내다 2004년 9월 세상을 떠났다.

족보

남녀노소 할 것 없이 어른이라면
아무개 삼춘으로 퉁치니
제주에는 집집마다 족보가 없어야 맞다

바다에 나가 돌아오지 않는 일 대수도 아니고
한라산 넘어 오가는 것도 대사나 있어야 했어
섬 안에서 시집 장가가고 자식 낳아
한 다리 건너고 말 것도 없이
다 아는 처지라

정월 바람살에 검은 암소 뿔도 굽어
밖으로 나갈 수 없는 바에야
끊어진 망사리를 꿰매듯 단단히 묶어 주는 거라

이 방대한 친족관계를
누가 어떻게 정리한단 말인가

삼춘, 삼춘 뭉뚱그려 부르는 게

여간 편한 게 아니기도 하고
나도 삼춘 하고 또랑또랑 불러 볼 때
폭낭처럼 저물어 갈 수 있지 않을까
셈이 들기도 하는 것이다

머들

휘파람새 우나
굼부리 속 소용돌이 같기도 하고
숨비소리 같기도 한데

실은 나이테처럼 빙빙 감긴
바람의 말씀
트멍을 지나며 잘게 부서지는 것

그 말 알아듣는 건
가방끈 꽤나 길다는 박사도 아니고
이름자 알려진 갑부도 정치인도 아니라

무거운 머들 골라내
담도 쌓고 흙도 일군
할망 하르방들
느른한 숨 쌓여 바람이 된 거라

찬찬히 내 것으로 익히며

옛날 고산자古山子처럼 발품이라도 팔아
살살이 밭담 지도 그리고 싶어

그럼 어느 선각자가 길잡이 삼아
밭담에 깃든 이야기 들려주지 않을까
하영 설레기도 하여
은근 자신이 붙는 것이다

할망 예보관

오널은 한락산이 어떵허영
영 가찹게 보염시냐
비가 오젠 허는 셍이여

한라산이 꿈쩍이나 할 리도 만무하니
침침한 눈 탓인가 싶다가도
비가 진짜 오긴 올까
예보에 대한 궁금증은
오늘 내내 계속될 것인데

할망하고만 통하는 게 있나
착착 날씨를 알아채는 비상한 능력
설문대할망에게
사사했다기엔 너무 설화적이고

산과 하늘만이 통하는 내밀한 거래일 법한데
옛 문헌에라도 숨어 있을까
어떻게든 속성으로 체득하고 싶어

그래야 족은 게 요망지다 소리도 들을 텐데

마땅한 답을 구하지 못해 주저하는 사이
먹처럼 짙은 구름은 산을 내려오고

검은 돌

태풍으로 배가 뒤집혀도
하늘에 구멍이 뚫린 듯
큰물이 밭을 모두 쓸어 가도
높게 쌓은 밭담이 무너지지 않는 것은
제 몸에 숭숭 구멍 내었기 때문
서로를 찌르는 모와 각을 무릅쓰며
틈새 만들고
겉도 속도 까맣게 태워
자기를 지웠기 때문
결국 다 이겨 냈기 때문
아무리 험한 바람도 걸러 내는
이 검은 돌의 행렬이라면
더는 가지 못할 길 없을 것 같아
송두리째 목을 꺾은 동백
밭담 깊은 그림자 속에 묻히고
두 눈은 그만
붉어졌던가 어두워졌던가

서귀포

동백이 먼저 피어 뜨거워지는 말
바닷가 언덕에서 책장이나 넘기고 싶은 말
깜깜한 밤이라도 눈이 멀고 마는 말
괴로운 심사도 꼴사나운 알력도
아무것도 아닌 게 되는 말
더 넓은 바당으로 잔잔히 나아가는 말
물빛 한 상자씩 전국에 택배 부치고 싶은 말
해안선 닮은 애인이 보말로 칼국수를 끓이는 말
그 사람 아무리 밀어내도 파도쳐 오는 말
도근도근 자꾸 보드랍게 묻어나는 말
주소지를 옮겨 천천히 늙어 가고 싶은 말

3부|

연노랑나비 떼

충분한 품으로 그늘 가지면 너를 껴안으면 수척한 내면에도 살이 찰 것 같다

군홧발에 부서진 교회당 종소리 피에 젖은 교복도 행방이 불명한 사람들 새가 된 얘기도 시계탑도 분수대도 나무 아래 숨죽이고 울었다

해마다 가지를 키우는 건 여사한 사정을 살핀 회화나무의 공력, 그늘 짜깁는 솜씨가 이만하여 눈이 부시고 푸르러

그날 거리에서 쓰러지고 잠들었던 연노랑나비 떼 새벽을 물들이고 새로운 별자리가 관측된 날이었다

떼구루루

염주 실이 뚝 끊어져
대웅보전 마루에
떼구루루 떼구루루

염불하던 소리도 흠칫
이러지도 저러지도 못하고

불전함으로 약사여래로 아미타불로 큰스님 엉덩이로

좋은 것도 나쁜 것도
더러운 것도 깨끗한 것도
즐거운 것도 괴로운 것도
이것도 저것도 아닌 것도

차가운 마루 위를
박자도 기운차게 사방으로
묵언도 하안거도 깨우고
죽비마냥 때리기도 하면서

불경도 목탁도 아랑곳하지 않고
낭랑 낭랑

두 손 모은 중생들 눈동자도
다 같이 떼구루루

냄새

방에서 가장 멀리 빠르게 벗어나는 방법이었을까
그를 꺼낸 건 굶주림이 피운 냄새였다

보일러가 계속 돌아 높아진 온도 탓에 부패가 빨
랐다고 경찰이 또박또박 말했지만 모두 알고 있었다

더는 내려갈 바닥조차 없을 때 탈취할 수 없는 지독
한 최후가 스멀스멀 시작된 것을

참호에서 내민 총구처럼 반이 묻힌 창문으로 내다
보던 눈빛을 본 적이 있다 서너 개의 총알이 통과한
듯 구멍 난 반소매로 사내가 조준한 곳은 어디였을까
두려웠던 그날 밤이 떠올랐다

냄새는 출입금지 수사중 노란색 띠를 넘어 구경 나
온 사람들 목덜미를 훑었고 오싹한 몸을 움츠려 코를
가릴수록 더 진하게 배어들었다

구급차가 빨갛게 빠져나갔고 냄새는 벽에 슨 곰팡이처럼 번지기 시작했다 추운 겨울이므로 더욱 잘 자라서는 다음 세입자에게 그대로 승계될 것이었다

물컹한 저녁

길냥이 울음소리 해무처럼 가라앉은 골목에 달도 별도 반만 떴다 저녁은 식은 죽 넘기듯 지나갔다

고개를 숙이는 건 이사 후 생긴 버릇인데 종종 겸손으로 오해받기도 했어 겉잠 끝에 아침이 와도 거미가 걷히지 않는 건 으레 그러는 습관이었다

2년 넘은 연애와 4년 공부 끝에 고향으로 내려간 친구는 종점에서도 가장 깊은 이곳이 가끔 떠오른다고 했지만 그렇다고 눈곱만큼이라도 돌아갈 뜻이 있다는 건 아니야

돌아올 여지가 없다는 걸 알수록 차갑게 움츠러든 집들이 더 쪼그라들었다 옴짝달싹 몸의 반을 묻은 채 부쩍 눈이 나빠진 불빛이 어둠을 바라봤다

가까스로 반만 내민 얼굴로 가쁜 숨을 내쉬면 물컹한 저녁이 쏟아졌고 어쩌다 멀리까지 잠행한 날이

라도 몸의 반쪽이 돌아오지 않아 사나흘을 심하게 앓
았다

일요일

이불을 얼굴까지 덮고 나면
방보다 굴에 가까운데
이것은 우주야
최면을 걸지요

부족한 산소와
보풀이 일고 무릎이 나온 우주복으로
중력에 몸을 맡겨 궤도를 도는 건
힘에 부칠 수 있으나

남들이 가지 않는 세계에 안착해
풍선처럼 붕붕 떠다니며
광물을 캐고
새로운 행성을 찾아
명명하는 건 뿌듯한 자랑이에요

지난 며칠간 우지끈 부러진 기분이지만
무겁고 두꺼운 한숨 안팎에서 엄습해도

이 또한 금방 지나고 말 테니까

가볍고 자유로운 잠행으로 내일을 기다리며
뒹굴뒹굴

누가 보았다면 한심하기 짝이 없는
탐사겠지만요

권상철 집 앞

마땅히 삼을 만한 명칭이 없어 사방에 밭뿐이니
그냥 권상철 집 앞

아픈 아내에게 선물한 세상 유일무이
버스 정류장

종로에 송해길 진도에 송가인길
충무로 퇴계로 세종로 위인의 시호를 딴 길도 흔하
지만
수억 원에 팔린 지하철 역명도 있지만

명치에 걸리는 게 많다 싶고
염소처럼 뿔나는 일이 많은 요즘인데
야단스러운 시간에서 옆으로 비켜나

권상철 집 앞에서
좀처럼 오지 않는 버스 기다리면
별이 앉고 동이 트고 멧새가 울고

열매에 뜨거운 빛이 들어

눈이 가 닿는 반경 모두가
부부의 해로여서

엔진보다 크게 뛰는 심장으로
후진도 우회도 없이
어디든 못 갈 데 없어

부르릉부르릉 꺼지지 않고
백 년은 거뜬히 살 거 같아

제아무리 평판이 높은 누구보다도
아무렴 대단하고말고

울컥 복받치고 마는
백두대간로 어느 버스 정류장

대추하다

세상 깊은 잠언 같아
어떤 간절이 있어

두껍게 딱지처럼 앉은 상처는
가뿐하게 헐어서
나무처럼 뿌리 내리고 싶어

한입 깨물면 입 안 가득 퍼지는
풋내

각角을 깎고 깎아서

주렁주렁 시푸른 열매를 달고
반가운 누굴
둥글게 둥글게 기다리는가

먼 데서 오는
발걸음 먼저 듣자고

두 귀는 길목에 내어 뒀으니

어린나무 곁에서
깊은 잠자리 들어도 괜찮겠다 싶어

두 손 공손히 모으고
스스로 한껏 낮춰 보기도 하는

어스름 깃든 방

골목 지나던 발걸음 금이 간 창으로 들어와 배좁
은 방 안을 밟으면 집은 반 뼘씩 땅으로 꺼졌다 자전
거 페달이 수시로 지나갔지만 앞을 향해 구를 수 있
는 게 없고 배달 오토바이가 툴툴거리며 던진 꽁초가
찰나에 빗금을 그을 뿐 아이들 소란이 개미처럼 기어
다니면 꾹 눌러 죽이는 건 늘 검지가 맡았어 아무것
도 집을 게 없는 손가락의 쓸모였다 낮은 저녁 같고
저녁은 더 깊어서 어스름 깃든 으스스한 방 알람시계
아니면 아침은 오지 않아 새벽에 출근하는 애인을 부
르지 못했다 들어오면 좀체 나갈 수 없어 반지하라면
반은 지상이라는 것인데 바깥은 어떤 모습일까 궁금
증이 빵처럼 부풀었지만 먹을 수 없고 늘 습기에 젖
어 있는 몸은 부력을 잃어 바닥에 가라앉은 채 어지
럼증이나 멀미를 달고 살았다

바다 한 알

가무락조개 한 바구니 해감하자니
차르르 차르르
수십 수백만 물결 조가비에 새기며
파란도 바람도 견디고
세상 뒤집을 태풍도 가지고 있어
썰물도 먼 데까지 나가려는
단단한 그리움이란 말이지
연신 쌀 씻는 소리로 줄렁이는
한 알 바다가 되기까지
지난했을 조개를 골똘히 다독이자니 문득
대번에 수평선을 달려와
뜨겁게 빗줄 긋던 그 사람 생각
뻐끔, 입을 벌리는 것이지

문하 門下

손바닥만 한 마당에 남새밭이 생겼다
연필만 잡아 본 손으로 언감생심
고랑이나 멀뚱히 바라보다가
농부는 농사를 짓고 나는 시를 지으니
꼭 다르기만 한 업종은 아니어서
느긋이 여유가 곰틀대는 것이다
샛노란 배춧잎 은은한 단맛을 알아
벌써 헛침이 돌고
이파리가 자라며 잔잔히 허공을 밀면
나만의 작은 물결 찰랑이니까
멀리 바다까지 나가지 않아도 된다
무엇보다 정작 기대하는 것은 따로 있는데
무슨 셈이 있어서보다는
약 같은 거 칠 뜻도 없이
형편대로 가끔 들여다보면서
민달팽이 배추흰나비 내게는 해로울 게 없는
벌레들이 놀라운 식성을 발휘하여 만든
구멍을 살피는 것이다

진짜 농부가 본다면 끌끌 혀를 차겠지만
어머니라면 두둑에 콩이라도 키워
놀리는 땅 하나 없겠지만
벌레들 문하에 들어서라도
송송 구멍을 내는 기술도 좀 익히고
그것들 한데 모아 싯줄로 엮고 싶은 거야
내 오랜 공부도 실은
세상을 둥글게 숨을 틔워 주려는 것이니까
벌레도 나도 하등 다를 게 없으니까

가문비나무

바이올린 공명판에는
이삼백 년 천천히 자라며
가지도 없이
밑동에서부터 수십 미터 쭉 뻗은
가문비나무가 가장 좋아요

빛을 받지 못해 말라 죽은 삭정이
스스로 떨군 자리에
단단하고 진한 향기 밴
옹이가 생겨나
둘도 없는 울림을 만드는 것이죠

상처가 힘이 될 수 있지만
그렇다고 혹여라도 가지고 싶은 건 아니에요

손금처럼 쥐고 태어난
옹이 몇 개가
나를 키웠다는 말은 끔찍하고

상처 많은 사람이 다 악기가 되는 것도
악기가 모두 음악이 되는 것도 아니라는 것쯤
어른이 돼서야 알아서

더는 상처를 키우지 않으려 악이나 쓸 뿐

높은 곳에 올라도 무서움을 덜 타고
그럭저럭 추위도 잘 참으니
다소간 숲도 그늘도 가질 수 있겠지요

다행이라면 다행이지요

모란도 연꽃도 향이 없고
—본태박물관 베개타워

머리를 괴고 누우면 밀려오는 것이 있어
그 가운데 가장 벅찬 것은 짧기만 했던
당신의 평생

학이 날아간 소나무 아래서
솔잎보다 따갑게 꽂히는 햇볕 받으며 뒤척이는
잠은 평생 얕고 얕아서

수壽, 희囍, 복福, 애愛
바람대로 된 게 하나 없던 한평생이
수직 절벽에서 바스락거리고

모란도 연꽃도 피었는데 향이 없고
마구리에 앉은 원앙은
짝이 있어도 슬피 울어

수천, 수만 바늘자리 견디며
한 땀 한 땀 만든 그림이

폭포처럼 쏟아져
잘방잘방 못에 퍼지네

잠을 청해도 오지 않는 밤
십장생 사이를 사슴처럼 뛰어다니다
머리끝까지 이불을 끌어 올리고
섧게 울었네

명사십리

어떤 큰 힘이 수평선을 현絃처럼 켜서
파랑이 일었고
바다는 아무도 모르게 울기 좋았다

봄에 지나간 강풍과
차가웠으나 꼭 춥지만은 않다고 세뇌했던
이듬해 계절까지

가늘고 어렴풋한 기억이
수척한 몰골로
아직 하늘을 지나고 있었다

썰물처럼 멀어지면 서성이고
밀물처럼 당기며 딴청 피우는 동안

크고 깊은 울음으로 더욱 푸르렀다

눈썹보다 크게 구부러진 해변 끝에

서성이는 개개비 뜨겁게 눈이 젖어 있었고

철썩이며 지운 얼굴이 수평선 안쪽에서
하얗게 일렁이고 있다는 바람의 말을 듣다가
술병보다 먼저 쓰러져 잠이 들었다

꼬사리 한 주먹

꼬사리 한 주먹 준다고 했응게 줘야지
마루 위에 툭, 내민 햇꼬사리

나물은 입에 잘 안 대지만
잘 마른 꼬사리에 눈이 가는 것은

꼬사리 끊던 수고쯤 대수롭지 않다는 듯
청청한 봄날을 통째 내줬기 때문

얼마 안 돼 어쩔 줄 모르겠다는
세상 제일 따스한 공손 때문

멍하니 꼬사리를 자꾸 보게 되는 것은

귀처럼 오므린 순에서
상냥한 말씀 스르르 풀릴 것 같아서

꼬사리가 품었던 물기

당신 눈에 촉촉 맺혀 있어서

우리 서로 이렇게 말라 갈 것이니
아무것도 아닌 줄 알았던
시간의 줄기가
덤불처럼 어지러워도

누가 꼬사리 서너 봉지 거저 준대도
열 배 스무 배 비할 수 없이 무거운
꼬사리 한 주먹

헐렁한 며칠

　폭설에 산골은 덮이고 길도 끊겼는데 떠오르는 게
많습니다 누를 수 없는 슬픔에 꽁꽁 얼고 나는 계속
미끄러집니다 당신이 머무는 바닷가 마을로부터 밀
려온 물결 애써 굴려 봅니다 지난밤 차마 꺼내지 못
한 말들이 함께 구릅니다 눈 한 송이가 뭉치로 커질
수록 몸은 둥싯둥싯하고요 바닥이란 구를수록 단단
해져 쉽게 부서지지 않는 속성을 깨우칩니다 달까당
달까당 대장간 쇠붙이를 닮아 평생 잊을 수 없다는
것쯤 알고 있습니다 심장을 꺼내 다시 굴려 봅니다
두 손은 시리지만 박동이 씩씩하여 금세 부풀고 맙니
다 굽혔던 허리 펴고 둥근 등에 가만 기댑니다 이곳
을 떠날 때까지 눈사람처럼 한곳만 보겠습니다 봄이
오지 않으면 좋겠습니다

4부

푼푼한 점심

손수 안치고 끓여 낸 거는 아니지만
제법 많은 찬이 정갈히 담겨 있어

누가 먼저랄 게 없이 수저 놓고 물 따르고
젓가락이 가는 접시는 앞으로 놓아주고

밥을 빌어다가 죽을 쑤거나
죽도 밥도 안 되는 일로 왕왕 울기도 했지만

고기 한 점이 단단한 근육을 더하고
그릇 바닥을 보일수록 더운 피가 돌 것 같아

식당에 와 돈 내고 먹는 한 끼지만
떨어진 기운도 차리고 헐한 걱정 비우고

밥이 보약이라고 입버릇처럼 말했는데
마음에 꾹꾹 눌러 찍은 크고 짙은 점 하나

후루룩후루룩

면발보다 힘없이 끊어지는
요즘이어서
후루룩후루룩 국수 먹는다
오십을 앞둔 나이에도 서운한 게 있으니
요즘은 결혼식엘 가도 뷔페 일색으로
찬물에 휘휘 헹궈 낸 잔치국수쯤 내주지 않는다
국숫집 평상을 차지하고 앉아
끊지 않고 넘기는 맛은
오래 지녀 온 작은 보람에 가깝고
시들해진 형편은 가락처럼 길게 쭉 이어서
밀어붙여 볼 힘이 나기도 한다
둔치에 나온 사람들 나들이는 명랑하고
대숲 바람결에 몸도 흔들리면서
가늘고 희고 슴슴한 국수처럼
멜갑시 싱거운 일이나 많았으면 한다
멸치 육수에 듬성듬성 대파나 썰어 냈을 뿐
수백 년 풍치림 그늘에 젖어
국수 한 그릇의 담담함을

먼 데서 온 친구에게 대접이랄 것도 없으나
함께 고단을 식히는 것만으로
제법 근사한 노릇이기도 하거니와
주문을 외우듯 후루룩후루룩
누구라도 다 같은 소리로 면발을 빨며
굳었던 심기도 풀어지고 마는 것이다

고래가 온다

버스를 타고 삼백 리 넘는 거리는
연줄처럼 감긴다

꾸역꾸역 치미는 화를 견딘 밥벌이와
쓴맛이 쏙 빠져 달금했던 술자리
가는 손가락을 굳게 걸었던 약속도
한껍에 빵빵거리며

항구도시 전체가 고래에
실려 온다

창문에 갈매기가 끼룩거리고
샛별이 뜨고

덜컹거리는 여윈잠 속에서도
수평선을 튕기며 곡을 붙이고 있겠지

대합실 문이 열렸다 닫혔다 할 때마다

명랑히도 파도가 출렁이고

지느러미 흔들며 내게로 오는
뭉실뭉실한 구름아

둥근 눈을 크게 뜨고
뿡뿡 고동을 울리는 고래야

국수나 삶을까

점심엔 국수나 삶자는 얘기에
침이 먼저 고인다
평소 식탐이라고 해 봐야
고슬고슬 갓 지은 솥밥 정도지만
끓는 물에 느른하게 풀리거나
찬물에 차랑차랑 헹궈
똬리를 트는 것도
뚝딱 말아서 면치기라도 할라치면
대번에 허기를 헤쳐 주는 거라
살면서 수심이 끊일 수 없어
국수 가닥만도 못 한 일 흔하지만
왠지 시간마저 느슨해져
꾹꾹 누른 화 같은 거 못 풀 것도 없어
가늘고 길게 살겠다는 시답잖은 작정도
호로록호로록 넘기며
최고 등급 고기를 구워도
산해진미 잘 차린 끼니라도
마지막엔 꼭 국수 한 그릇 비워야

툭하면 어기대던 꽁지벌레 심사에
조금 자상해질 틈이 생기는 것이다

항구

제대로 한 끼 먹는 게 쉽지 않아
이리저리 뛰다 보면
다 먹고 살자고 하는 것 아니냐는 말도
남 얘기 같은데
돌솥밥 앞에 두고 온몸 뜨거워졌다

혼밥 혼술 나 혼자 산다지만
함께 밥을 먹는 동안
머리 하얘지고 간담 서늘한 바깥일도 내려놓아
어수룩한 변명에도 귀를 열어
생선살도 발라 주고
모락모락 오르는 더운 김을 호흡하며
섬의 둘레를 모두 걷기도 하고

아무리 똑똑한 척 다해도 나는 젓가락질이 서툴고
그럴싸한 상 한번 차려 본 적 없지만
쿠폰처럼 차곡차곡 마음에 점을 찍어서
눈처럼 쌓아 모와 각도 지우고

눈덩이 굴려서 눈사람도 만들고

오는 길에 봤는데 개항 백 주년이래
찬바람 막아 줄 벽 세우고 지붕도 올려
얼마쯤 은밀하게 담장을 치고
이 도시의 항구처럼 백 년쯤 늙어 가면서
쌀을 씻고 달걀이라도 부쳐야겠다는 결심이
숭늉처럼 끓는 것이다

어스름이 깔리는 줄 모르고
깊어만 가는 밥상이 있다

밥부터 안쳐야

예나 지금이나
어머니께서는
밥부터 안쳐야겠다
하신다

밥부터 안쳐야
손 많이 가는 다른 찬도
차릴 수 있다는 듯
무슨 일도 준비가 되었다는 듯
시름 같은 거 덜고 마음도
좀 놓인다는 듯

눈도 바람도 얼고 마는
한겨울에도
꼭 찬물에 쌀을 씻어
밥부터 안친다

입꼬리

고추장 뚜껑 여는 걸 깜빡하고
비빔밥 그릇에 대고 꾹꾹 눌러 대니
우리 중 가장 부잡스러운 광록 형이
야야 아무리 급해도 바지는 벗고 해야제
일동 머릿속 장면은
너나 할 것 없이 똑같아서
배꼽이라도 빠질 듯이 깔깔대는데
평소 얌전한 고양이 영미는
짐짓 무슨 말인지 모르겠다는 듯
쓱싹쓱싹 밥이나 비비는데
슬쩍 올라가는 입꼬리 감추지 못했다

쾅쾅

포항 사람들은 쾅, 쾅 한다고
웃을 때도 포항항 하며 웃는다고
나는 젓가락을 너는 물을 따랐다
물회는 역시 겨울이 제맛이리며 특을 시켰다
망설임 없이 특이나 대를 달라고 할 때면
체면이 좀 서는 듯 혼자 우쭐한데
포항 하면 제철소와 축구단밖에 몰라
정작 가 본 적 없는 먼 도시지만
오랜만이어도 우리는 포항만큼 서먹하지 않아
군침은 숨기지 않고 쓱쓱 물회를 비비며
넌 특별하게 들어간 전복과 해삼이 놀랍고
난 멀건 소면을 말아 호로록 먹는 걸 좋아해
멍게보다 노래지는 적이 많은 근황을 두고
이러나저러나 한 그릇 먹기는 매한가지라고
조금도 기운 나지 않는 말을 건네다가
자꾸 미끄러지는 젓가락질로 전복을 집어 줬다
예부터 이랭치열은 하수라 했는데
한파특보에 얼음 띄운 물회라니 상수 중 상수다

만 원이나 비싼 특 물회라면
우리도 이 순간 조금 특별해진 것이라며
기분 좋은 일이 꽝꽝 터질 것 같지 않냐며
눈이라도 오지 않겠냐며

여수

네 목덜미처럼 눈부신 곳
여기는 겨울이 돼도 눈이 오지 않아,
입술에 애기동백이 폈고
여기에도 눈을 내려 주세요
주문처럼 혼자 중얼거리며
우유 들어간 커피를 저어
눈보다 하얀 거품을 내었다
여수에 오래 살아도 너는 여수를 잘 모르고
오랜만에 찾은 이 도시가 나는 낯설어
바다는 좋지만 비릿한 냄새가 싫은 너는
수평선 길게 그려진 동해가 그립고
네가 보고 싶은 게 궁금한 나는
강릉에서 커피 축제가 열린대,
알고 있는 가장 먼 도시를
테이블에 툭 던져 놓고
쪼르륵 얼음만 남은 컵을 빨아 댔다
만灣의 겨드랑이까지 파도가 밀려와
굽이치는 해안선에 수놓은 무지개 야경은

우리가 함께 좋아하는 것이니까
청기도 들고 백기도 들면서
서로 모르기는 마찬가지인 이 도시를
씩씩하게 사랑해도 되지 않을까
슬그니 생각해 보았다

고귀한 밥상

살려고 먹는다는 우스개에
먹기 위해 사는 건 어떠냐고 받았지만
바빠 끼니를 건너는 게 외려 다반사라
상 한번 제대로 차려 내고 싶었네
한곳에서 이십 년을 밥벌이했으면서
덤쩍 받을 줄만 알았어
국이 끓는지 장이 끓는지
서툴기 짝이 없어 어쩔 줄 모르겠지만
무심코 습관이 돼 아무렇지 않은 게
때로는 특별할 수도 있어
마른 찬보다는 국물이 좋은 당신에게
없는 솜씨나마 부려 볼까
어지러웠던 기분도 몽글몽글 풀어져
공연히라도 군침이 돌면 좋겠어
어둑한 나는
종일 아이들을 거두고 살피는
일의 무게를 알지 못하나
산해진미도 다른 뜻이 있는 것도 아니지만

서늘했던 가슴 데울 수 있다면야
새삼 고귀한 일이지 않나
위안이 뜨거운 김을 뿜기도 하네

사치

지그시 방짜 수저 한 벌 내밀며
열심히도 마음을 두드린 기억이 떠올라
피식 웃었다

밥은 하늘이라 배웠는데
망치질에 망치질 수백 수천 번 덧댄 후에야
하늘을 떠받치는 수저가 된 거라

넓고 깊어서 크고 높아서
아무리 무겁고 아뜩한 것도
다 슬하에 두고

같이 끼니를 챙긴다는 건
가려운 등을 긁어 주고
병을 기대고 머리에 서리가 내려도
철석같이 단단해지는 것이니까

똑같은 수저로 먹는 처지라면

어엿한 진짜 식구니까

날마다 입으로 들어갈 도구에 부린
사치가 뿌듯하여
다시 피식, 웃었다

언제 한번

언제 한번 밥이나 먹자고
언제 한번 바람이나 쐬러 가자고
사는 게 답답하니 무심히 꺼낸 것 같지만
실은 깊숙한 데서 나온 진정을 알아서
꼭 빈말은 아니어서
나는 언제 한번을 사랑하지
허기 채울 밥도 한번 먼 여행도 한번
언제 한번이 열 번 백 번이 되어
우리는 열 배 백 배 멀리 갈 수 있지
언제 한번은 구두계약이기도 해서
법적인 효력을 지니고
가슴에 빨갛게 찍은 지장이고
김치찌개가 맛있는 단골집 이모와
함께 들었던 흰수염고래도
그날 밤 물병자리도 분명히 알고 있어
언제 한번은
먼 후일의 사소함 같지만
시간이 무한히 펼쳐져 있어서

지워진 길을 내고 하늘도 열어서
포도알처럼 파랗게 구르는 말
언제 한번을 사랑하지 않을 수 없지

심심한 벼랑

지척이 천 리라지
아무리 가까워도 갈 수 없는 곳이 있다
심심하다 무심코 넘기고 만 벼랑이 있다

시퍼런 서슬로 곧추서서
눈이 닿지 않은 밤
별이 들지 않은 날 허다했으니

허공으로 사라지는 말 잡으려 애쓴 적
정다이 소리 내어 불러 본 적 없다

천하의 장사도 제힘으로 긁어낼 수 없는
가려움 있어

남의 손 빌리지 않고서는 끝내 거둘 수 없는
그늘도 있어

내 몸이어도 내 것이 아닌 것처럼

멀기만 했던

늘 습기가 어려 가엾은 또 다른
나여

다정한 숟가락

숟가락에 복福이 새겨 있다

들여다보고 있자니 밥숟가락이나 뜨고 살겠나 걱정하던 시절 아니지만 겸상이야말로 최고의 복

배를 든든히 채우는 건 다행이고 밥때까지 지나온 시간이 한 벌 수저처럼 다정히 앉았다

한 숟갈 떠 넣을 적마다 차곡차곡 복을 쌓는 것이어서 여느 잔칫상 수랏상도 부럽지 않아 별다른 반찬 없이도 입맛이 돌고

세상에 별의별 복 다 있겠지만 막 지은 밥보다 찡한 복이 또 있을까

숟가락 멀리 잡으면 멀리 시집간다는데 어디 가지 마, 무심한 척 뱉어 놓고 당신 앞에 얼른 복을 놓아주었다

밥그릇 심장

지그시 두 손으로 감싸면
꼭 심장을 쥔 것 같다

불을 견딘 것들은
불의 성질을 그대로 닮아서

누군가를 위해 밥을 짓는
사람의 심장도

밥그릇 크기로
딱 그만큼 뜨거워졌다

언제 한번을 사랑하지 않을 수 없지

유성호(문학평론가, 한양대학교 국문과 교수)

언제 한번을 사랑하지 않을 수 없지
— 황형철의 시세계

1. 세련되고도 살가운 언어적 생동감과 실물감

황형철 시집 『그날 밤 물병자리』는 오랜 기억 속에 가라앉아 있던 삶의 흔적들을 섬세한 시선과 언어로 발화한 사유와 감각의 기록이다. 시인은 차분하고도 정제된 목소리로 세련되고도 살가운 언어적 생동감과 실물감을 우리에게 건네준다. 가장 유연하고도 탄력 있는 사유와 감각은 어느새 인생론적 혜안으로 이어지고, 시의 저류(底流)에는 밝고 투명한 비애와 희망이 균형감 있게 배치되어 있다. 그렇게 황형철의 시는 삶의 숱한 상처를 안은 채 살아가고 있거나 사라져 간 존재자들에 대한 애잔한 사랑과 관심에서 발원하여, 사물이든 인물이나 풍경이든, 그들에게 가장 아름다운 자리를 마련해주는 데 집중한다. 그것이 오래된 그만의 시적 존재론인 셈이다. 이때 그의 시는 역설적 희망의 전언으로 몸을 바꾸어 간다.

원래 서정시는 보편적 삶의 이치에 대한 성찰과 함께, 오랜 시간의 복원을 통해 존재론적 기원에 관한 질문을 수행하게 마련이다. 한편으로 언어를 다스리고 한편으로 언어를 초월하려는 욕망을 보이는 것도 서정시의 고유한 권역인데, 황형철의 시는 삶에 대한 오랜 기억을 순간적 잔상으로 점화(點火)함으로써 그 안에 상처와 예술이 맺는 유추적 연관성을 보여 주는 첨예한 양식으로 우리에게 다가온다. 그 순간 시인은 자신의 기원과 함께 현재에 이르기까지 겪어 온 상처를 노래함으로써 그것을 상상적으로 치유하는 제의(祭儀) 과정을 치르게 된다. 그 점에서 황형철은 서정시를 통해 삶에 각인된 자신의 존재론적 기원과 현재형을 동시에 노래하는 시인이라고 말할 수 있을 것이다.

2. 자유와 고요를 깊이 투시하는 시선

황형철은 뭇 사물의 외관과 내질을 풍부하고도 다양하게 재현하면서도, 그 안에 매우 예민한 경험적 자의식을 불어넣는다. 시인의 시선이 가 닿는 대상은, 말할 것도 없이 그의 경험 안에 놓인 각양의 사물, 인물, 풍경들이다. 그 안에 담긴 원형성과 보편성을 통해 시인은 자기 경험 속에 녹아 있는 시간성을 충실하게 되살리면서 생의 근원적 결핍을 성찰하고 치유해 간다. 이 점, 그만의 시인으로서의 품격을 알게끔 해 주는 독자 적 장처(長處)가 아닐 수 없다. 먼저 다음 작품을 읽어 보자.

소원이 하나 있다면
얼마간 구름의 주인이 되는 것

평생 떠돌 수 있는
가벼운 무게를 가졌고

우레와 번개 아무리 법석거려도
본디 모습으로 잊지 않고 돌아와

말없이 흘러가는 게
구름에게 주어진 소임이니까

산그림자 번지는 고요를
익힌 후라면

뭐라도 안 될 게 없다는 기분이
뭉실뭉실

물러서는 법이 없고
허허공공에도 비틀대지 않으니까

눈도 비도 품어서
바람을 밀며
줄렁줄렁 나아가고 싶어

― 「뜬구름」 전문

　'부운(浮雲)'이라고 부르는 '뜬구름'은 허튼 욕망이나 덧없
는 인생을 비유할 때 흔히 원용되어 온 이미지이다. 시인은 얼
마간이라도 그 구름의 주인이 되고자 한다. 구름이야말로 "평
생 떠돌 수 있는/ 가벼운 무게"로써 "우레와 번개"를 넘어 "본디
모습으로" 돌아와 말없이 흘러가기 때문이다. 가장 변하기 쉬
운 존재자를 호명하여 그 안에서 변하지 않는 '소임'을 찾아내
는 시인의 혜안이 밝기만 하다. 그 소임은 어느새 시인 자신
의 의지로 찾아와 "산그림자 번지는 고요"로 나아간다. 그렇
게 "눈도 비도 품어서/ 바람을 밀며/ 줄렁줄렁 나아가고" 있는
뜬구름이야말로 시인의 고요와 자유 지향의 매개물로서 흔치
않은 개성을 가지고 있는 셈이다. 그만큼 황형철 시인은 "떨
어진 기운도 차리고 헐한 걱정"(「푼푼한 점심」)도 비워 내면
서 "가볍고 자유로운 잠행"(「일요일」)을 결심하고 있는 것이
다. 그 역할이 '뜬구름'의 자유 속에 있다. 다음은 어떠한가.

거창한 목적이 있는 건 아니지만
끼니를 챙기듯 긴요한 일

자동차도 오토바이도
헐떡이며 지나가는 숨 가쁜 도심에서
우직하게 걸어 보겠다는 것은

지렁이도 달팽이도
자기 길 열심히 가는 매진과 마주하는
산뜻한 발견의 일

어쩌다 마주한 능소화 앞에서
슬쩍 담을 넘보기도 하고

혼잣말 엿듣는 참새 떼와
자꾸 뒤를 따라오는 꼬리구름에게
핀잔을 주기도 하면서

지나는 것들에게 곁도 내주고
고요히 깊어지는

별것도 아니지만 진짜 별도 볼 수 있는

좀 걸어 보는 일

― 「좀 걸어 보는 일」 전문

이 작품에서도 시인은 고요와 자유를 마음 깊은 데서 생성하여, 그것을 세상의 거칠고 답답한 기운을 돌파해 가는 원형질로 삼아 간다. 도심을 우직하게 걸어 보는 일에 무슨 거창한 목적이 있는 것은 아니겠으나 그것은 누군가에게는 끼니를 챙기듯 긴요한 일이기도 할 것이다. 또한 시인은 다른 생명들의 매진을 산뜻하게 발견하기도 하고, 능소화 넘어 담도 넘겨 다보기도 하고, 참새 떼와 꼬리구름에게 넉넉한 핀잔도 주면서 곁을 내준다. 좀 걸어 보는 일은 그렇게 "고요히 깊어지는" 일인 셈이다. 그 고요와 깊이를 내적으로 열망하는 시인은 "두 손 공손히 모으고/ 스스로 한껏 낮춰 보기도 하는"(「대추하다」) 마음과 "시름 같은 거 덜고 마음도/ 좀 놓인다는 듯"(「밥부터 안쳐야」)한 판단을 동시에 예비하고 있는 것이다.

이처럼 황형철 시인은 자유롭고 고요한 존재론적 깊이를 통해 일종의 역설적 제의를 치러 가는 과정을 보여 준다. 그의 시는 한결같이 삶의 효율성이나 세속성에 의해 꾸려져 가는 세태를 거스르면서 빛을 발한다. 시인 자신은 물론 독자들에게도 세계의 한없는 역설을 선사해 간다. 이때 우리는 주체와

세계가 분리된 경험으로부터 그것의 통합적 국면을 꾀하고자
하는 황형철 시의 지향을 알게 된다. 자유와 고요를 깊이 투시
하는 시선에서 그것이 가능했음은 두말할 나위 없을 것이다.

3. 슬픔과 희망의 역설적 결속

다음으로 황형철 시의 무게중심은 진정성에 바탕을 둔 슬
픔과 희망의 균형적 존재론에 있다. 그리고 궁극적으로는 시
인 스스로에 대한 사랑의 기억이 아름답게 번져 오는 데 있다.
그러한 따뜻한 순간을 허락하는 이번 시집을 따라가면서 우
리는, 한동안 나비 날갯짓처럼 다가오는 느릿하고 섬세한 말
에 귀 기울이게 된다. 우리가 수행하는 그 한없는 귀 기울임이
야말로 천천히 다가오는 시인의 따뜻한 마음을 완성해 주는
것일 터이다. 그가 시를 쓰는 원질(原質)이 아마도 그러한 마
음결이 아닐지 생각해 본다. 아닌 게 아니라 그는 자신의 시에
서 사물이 그리는 고유한 파동을 남다른 기억과 고스란히 겹
쳐 받아들이면서, 자신의 기원과 존재 방식을 발견하고 성찰
한다. 하지만 그 발견과 성찰은 한시적인 것이 아니라 삶이 지
속되는 한 견지할 수밖에 없는 황형철 시인만의 존재 조건으
로 승화해 간다. 그 승화 과정을 구체화하는 매개체는 '밥그
릇'과 '숟가락'으로 나타나고 있다.

지그시 두 손으로 감싸면
꼭 심장을 쥔 것 같다

불을 견딘 것들은
불의 성질을 그대로 닮아서

누군가를 위해 밥을 짓는
사람의 심장도

밥그릇 크기로
딱 그만큼 뜨거워졌다

— 「밥그릇 심장」 전문

밥그릇을 쥔 두 손으로 심장의 온기가 전해져 온다. 그래서 밥그릇은 일종의 존재 전환을 치러 '밥그릇 심장'으로 나아간다. 가마에서 불을 견디며 형태를 갖추었을 밥그릇은 그대로 불의 성질을 닮아 갔을 것이다. 그러니 밥그릇이 누군가를 위해 밥을 담듯이, 사람의 심장도 누군가를 위해 밥을 짓지 않겠는가. 밥그릇 크기로 그만큼 뜨거워진 것은 꼭 심장만은 아니리라. 아마 시를 읽는 우리 마음도 그랬을 것이다. 이처럼 황형철 시인은 따뜻한 기운이 모여 지상의 질서를 만들어 가고 있음을 노래하는 온기의 시인이다. 비록 "먹어도 먹어도 심장 아래 허기가 남아"(「집에 와서 자고 가」) 있다지만 그 안에는 "다른 절반을 튼튼하게 받치고 있는/ 절반"(「멀고 먼 절반」)이 있기 때문이다. "세상 제일 따스한 공손"(「꼬사리 한 주먹」)이 거기 저렇게 가볍고도 아름답게 출렁이고 있지 않은가.

어떤 여닫음이
이토록 동글할 것인가

문고리를 벗겨 볼까
욕심이
찰까당 찰까당

주인을 멀뚱히 기다리며
푸르게 뻗어 나는 건
세상 순한 열쇠 때문인데

숟가락과 문고리
사분사분한 관계를 가만 바라보며

이 둥근 평정(平靜)을 곁에 두고서
소연히 흘러가는 나이쯤 아랑곳없이

숭굴숭굴 너그러워지고 말았다

—「숟가락 열쇠」부분

이번에는 '숟가락'이다. 원래 숟가락은 밥그릇과 파트너가 되어 식사하는 데 쓰이는 도구이지만, 여기서는 '밥그릇 심장'이라는 조어법(造語法)을 따라 '숟가락 열쇠'로 변신하였다. 시인은 한없이 둥근 것들이 이루어 내는 화음(和音)을 듣고 있는데, 그 화음은 가령 "미루나무 두릅나무 찔레/ 직박구리 소릿결" 같은 것이 메아리치는 과정에서 생성된다. 그 소릿결이 산을 쌓고 물을 밀고 벌판을 넓히는 과정이야말로 인드라망처럼 연결된 우리 삶의 조건들을 암시해 준다. 저녁이 오고 달이 뜨는 것도 어떤 동글한 여닫음이 이루어 낸 것일 터인데, 시인은 그 원리를 문고리에 꽂힌 숟가락에서 발견하게 된다. 주인을 기다리며 푸르게 뻗어난 "세상 순한 열쇠"가 바로 세상을 둥근 평정의 상태로 이끌어 갔기 때문이다. 숟가락과 문고리의 사분사분한 관계는 마침내 시인으로 하여금 소연히 먹어 가는 나이에 한없이 너그러워지게끔 해 준다. 그렇게 숟가락 열쇠는 숭굴숭굴 우주의 화음과 평정의 마음을 우리에게 건네주었다. 그 숟가락은 마치 "널브러진 비석을 닦으며/ 겨우내 얼었던 땅을 밀고/ 꾹꾹 참았던 말을 여는"(「고사리 명당」) 열쇠이기도 할 것이고, "벼랑 끝 틈새 흙 한 줌 잡고서/ 기어이 피어 있는 노루귀"(「멀고 먼 절반」)처럼 생명력 있는 사물로서의 모습도 흔연하게 가지고 있을 것이다.

우리는 서정시가 사적 감정의 숙주나 개체적 발언 형식에 머무르는 것이 아님을 잘 알고 있다. 황형철의 시는 개인적 체험에 머무르지 않고 그 경험을 한결 보편적인 생의 원리로 승화하면서 생의 의지가 숨 쉬는 '언어의 집'으로 모여든다. 이번 시집은 이를테면 그러한 의지를 통해 세상과 만나고 세상을 열려는 촘촘한 열망의 기록인 셈이다. 사물이든 내면이든 시간이든, 시인은 그것을 생의 의지와 견고하게 결합함으로써 우리에게 존재의 깊이를 한껏 경험케 해 준다. 이렇게 생에 대해 단아하고도 견결한 관조와 표현으로 모든 이에게 서정적 공감을 선사해 간다. 그 점에서 이번 황형철 시집은 시인의 안목과 솜씨 그리고 철학을 모두 녹여, 슬픔과 희망의 균형적 존재론을 노래한 성과일 것이다. 슬픔과 희망의 역설적 결속이 그 원리로서 확연하게 흐르고 있다 할 것이다.

4. 신성과 숭고의 존재론적 기원

특별히 이번 시집에는 제주를 배경으로 하는 경험 시편들이 많이 실렸다. 제주어의 풍부한 복원, 제주 역사의 간헐적 인용, 제주인의 강인한 생명력 형상화 등 황형철 시인은 일부 지역성을 넘어서는 우주의 화응(和應) 과정을 담아 간다. 잘 알다시피 어떤 지역에 동일성을 가지고 참여하면서 그곳의 속성을 발견해 가는 과정은 아주 유니크한 인물이나 사건의 아우라를 불러올 개연성을 크게 가진다. 우리는 황형철의 시를 통해 그동안 우리가 인지하지 못했던 장소성을 만나게 되고, 나아가 그것이 지역성을 초월하여 인생 보편의 현재형으로 살아나는 과정까지 바라보게 된다. 이렇듯 시인은 자신의 개별적 경험을 보편적 지혜로 수렴해 가는 서정시의 기본 원리를 충실하게 구현하고 있다.

제주에서는 성별 불문하고
어른은 삼춘으로 통한다
성씨도 고향도 따질 것 없이
이웃 간도 생전 본 적 없는 사람까지도
자기보다 나이가 많으면
이름 뒤에 삼춘, 한다
한라산을 가운데 두고
북쪽 남쪽이 다르고 동쪽 서쪽은 멀기만 한데
신기하게 삼춘만은 다 같다
항렬로는 아버지 형제니
삼춘 아들도 딸도 사촌이 되고
동네방네 가차운 촌수를 죄 붙여
모두가 한 집안이고 괸당이다

일 년에 여러 번 입도해도 나는 뭍 것이라

아직 닝큼닝큼 입에서 떨어지지 않아

감귤이나 까먹으며 삼춘의 내력을

곰곰 더듬어 보는데

너울에 헐고 바람에 깎여 여기저기 모난 데를

따뜻한 볏이 녹여 주는 말인 거라

먼 조카는 따져도

가까운 삼춘은 따지지 않는다지

두루뭉수리 관계를 묶는

이 촌수가 좋아서

왕래하는 일가친척이 적은 내게

누가 삼춘 하고 불러 주면

넙죽 받아서 한통속이 되고 싶은 거다

— 「한통속」 전문

현기영 소설 제목이 암시해 주듯이 제주에서는 어른을 '삼춘'으로 통칭한다. 성별, 성씨, 고향, 항렬, 친소관계 안 따지고 자기보다 나이 많으면 이름 뒤에 '삼춘'을 붙인다. 한라산을 가운데 두고 동서남북이 각양 달라도 '삼춘'이라는 호칭은 이들을 모두 한 집안 '괸당'으로 만든다. '괸당'은 친인척이라는 뜻이니 모두 내남없이 한통속인 셈이다. 그러니 제주에 자주 들러도 뭍사람 입에서는 '삼춘'이라는 말이 잘 떨어지지 않는다. 하지만 굴려 볼수록 '삼춘'은 너울에 헐고 바람에 깎여 모난 데를 "따뜻한 볕이 녹여 주는 말"로 다가온다. 일가친척 적은 시인은 이렇게 두루뭉수리 관계를 묶어 주는 말을 좋아한다. "만 팔천이나 되는 신이 있어"(「제주특별자치도 취업난」) 제주는 그 어느 곳과 비교도 안 되는 신성의 땅이다. 시인은 그네들과 한통속 되기를 통해 "더 넓은 바당으로 잔잔히 나아가는"(「서귀포」) 것이다. 그리고 황형철이 재현하는 제주어는 "세상 깊은 잠언 같아/ 어떤 간절이"(「대추하다」) 그 안에 있다 할 것이다.

　프랑스 시인 말라르메는 시인을 일러 '부족방언의 예술사'라고 했다. 이 유명한 정의는 시인이란 모어(母語)를 세련화하여 구성원들에게 인지적·정서적 감염을 선사하는 존재라는 뜻을 품고 있다. 그만큼 부족방언의 풍요로움은 시인의 존재를 가능하게 하는 가장 중요한 명제였던 셈이다. 여기서 '부족방언'이란 중앙집권적 공식 언어가 아니라 각 지역에서 현재형으로 쓰이고 있는 말을 뜻한다. 제주어는 비표준화의 창조력과 함께 특유의 역동성과 생동감으로 그곳 역사와 풍토의 호환 불가능한 고유성을 우리에게 건넨다. 이러한 '제주어'에 대한 황형철의 천착과 탐구는 사라져 가는 존재자들을 옹호하는 마음으로도 오래 기억될 것이다.

　　충분한 품으로 그늘 가지면 너를 껴안으면 수척한 내면에도 살이 찰 것 같다

군홧발에 부서진 교회당 종소리 피에 젖은 교복도 행방이 불명한 사람들 새가 된 얘기도 시계탑도 분수대도 나무 아래 숨죽이고 울었다

해마다 가지를 키우는 건 여사한 사정을 살핀 회화나무의 공력, 그늘 짜깁는 솜씨가 이만하여 눈이 부시고 푸르러

그날 거리에서 쓰러지고 잠들었던 연노랑나비 떼 새벽을 물들이고 새로운 별자리가 관측된 날이었다

— 「연노랑나비 떼」 전문

여기 형상화된 또 다른 기원은 시인이 살아가고 있는 광주와 관련된 기억에서 발원한다. "군홧발에 부서진 교회당 종소리", "피에 젖은 교복", "행방이 불명한 사람들"은 그 자체로 커다란 서사적 문맥을 함축하는 "수척한 내면"의 표현일 것이다. 시인은 회화나무 아래로 눈이 부시고 푸르른 기억이 흘러갈 때, "그날 거리에서 쓰러지고 잠들었던 연노랑나비 떼"를 새삼 환기한다. 나비 떼가 새벽을 물들이고 새로운 별자리를 관측하게 된 날 이후로 시인의 그늘은 더 이상 암울한 음지가 아니라 충분하게 나비 떼를 떠올릴 수 있는 순간이 공간화된 것으로 다가온다. 그래서 우리는 "누구라도 쉽게 설 수 없는/

수직의 캄캄절벽"(「등 좀 긁어 줘」)일지라도 "다시 돌아갈 수 없도록/ 아득한 낭떠러지 만드는/ 결심"(「거든거든」)을 건네는 순간과 만나게 되는 것이다.

이렇듯 황형철의 시는 존재론적 기원을 살피는 상상력을 '제주'와 '광주'로 이으면서 특유의 역사적 상상력을 보여 준다. 그러한 과정을 통해 일상의 폐허를 벗어나고 새로운 삶의 가능성을 암시해 주는 것이다. 더러 우리는 사물의 작은 움직임을 통해 생성의 활력뿐만 아니라 소멸의 질서까지 경험하게 된다. 세상 표면에서 펼쳐지는 부박한 속도전 대신 사물의 미시적 아름다움을 노래할 때, 서정시에는 사사로운 경험을 넘어설 수 있는 가능성이 잠재해 있기 때문이다. 황형철 시인은 그 가능성을 발견하여 경이롭고 상징적인 '고처(高處)'로 나아간다. 그럼으로써 일종의 신성과 숭고로 세상을 바라보게끔 해준다. 그 신성과 숭고는 단순한 서정에 머무르지 않고 그것을 우리의 존재론적 기원으로까지 끌어올리고 있는 것이다.

5. 그날 밤 물병자리도 분명히 알고 있어

사물이 거느리고 있는 모양과 소리에 대한 발견 과정을 통해 서정시는 시인의 내면에 웅크리고 있던 에너지에 구체화한 형태를 부여하게 된다. 그리고 진정성 있는 시인의 자기 고백을 통해 삶의 성찰적 기능을 제공하기도 한다. 어떤 순간이나 장면을 구체적 사물의 이미지로 회복하고 궁극적으로 그 질서에 자적(自適)하려 하는 황형철 시인은 아름답고 지극하고 속 깊은 서정을 이렇게 풍부하게 건네주었다. 최근 우리 시단이 거둔 일대 수확이요, 그를 언어에 대한 집념과 소리에 대한 명민한 감각의 시인으로 만들어 줄 자산이 아닐 수 없다. 이제 우리도 그 언어와 소리에 새로운 귀를 열게 될 것이다. 마지막으로 시집 제목이 숨겨져 있는 시편을 읽어 보도록 하자.

언제 한번 밥이나 먹자고

언제 한번 바람이나 쐬러 가자고

사는 게 답답하니 무심히 꺼낸 것 같지만

실은 깊숙한 데서 나온 진정을 알아서

꼭 빈말은 아니어서

나는 언제 한번을 사랑하지

허기 채울 밥도 한번 먼 여행도 한번

언제 한번이 열 번 백 번이 되어

우리는 열 배 백 배 멀리 갈 수 있지

언제 한번은 구두계약이기도 해서

법적인 효력을 지니고

가슴에 빨갛게 찍은 지장이고

김치찌개가 맛있는 단골집 이모와

함께 들었던 흰수염고래도

그날 밤 물병자리도 분명히 알고 있어

언제 한번은

먼 후일의 사소함 같지만

시간이 무한히 펼쳐져 있어서

지워진 길을 내고 하늘도 열어서

포도알처럼 파랗게 구르는 말

언제 한번을 사랑하지 않을 수 없지

— 「언제 한번」 전문

　　"언제 한번"이라는 말은 기약하기 어려운, 그저 한순간 지나가면서 서로에게 건네는 인사말이기 쉽다. 하지만 언제 한번 밥 먹고 바람 쐬자는 것이 빈말이 아니라 깊은 데서 흘러나온 진정이라고 생각한다. "언제 한번"을 사랑하는 시인은 그 '한번'이라는 것이 가슴에 찍은 지장이라고 규정한다. 그 말을 함께 들은 "그날 밤 물병자리"가 이번 시집 제목이 된 것도 시인이 이러한 사람들 사이의 구두계약을 소중하게 여기는 성정을 가지고 있기 때문일 것이다. 미래의 사소한 만남을 말하는 것 같지만 그 안에는 무한한 시간이 펼쳐져 있어서 오히려 인간의 상호 계약으로 더욱 견고한 말이라는 것이다. 우리도 "언제 한번" 시인을 만나 결코 사소하지 않은, 필연적으로 그럴 수밖에 없는 만남을 이루어 보리라. 그때 우리는 "함께 고단을 식히는 것만으로/ 제법 근사한 노릇"(「후루룩후루룩」)이라는 사실을 넉넉하게 받아들이면서, "어떤 큰 힘이 수평선을 현(絃)처럼 켜서/ 파랑"(「명사십리」)을 일구어 가는 순간을 사랑하게 될 것이다. "쫑긋 더듬이 세운 채 와사(蝸舍)를 짊어지고 나서는 달팽이"(「아내는 달팽이」)처럼 "투명하게 먹을 갈아 새가 앉은 나무에 시를 곁들여"(「목필(木筆)」) 갈 것이다. 이 모든 것이 그날 밤 물병자리도 분명히 알고 있는 일이다.

지금까지 천천히 읽어 온 것처럼, 황형철은 남다른 기억에 대하여 반듯한 예의를 갖춘 시인이다. 우리는 그의 시를 통해 현실에서는 불가능한 순간적 존재 전환을 수행하게 되고, 일상을 벗어나 전혀 다른 시공간으로의 이동을 꾀하게 된다. 그 심미적 시공간에서 이루어지는 경험은, 뭇 사물로 원심적 확장을 했다가 다시 스스로에게 귀환하는 구심적 과정을 밟아 간다. 그래서 그의 시에는 베르그송(H. Bergson)이 말한 '지속의 내면적 느낌'이 한없이 펼쳐지면서, 경험적 기억을 통해 현재 자아의 마음에 따라 조정된 시적 시간을 구성해 가는 과정이 담기게 된다. 그 곡진한 서정에 이제 우리가 귀를 기울일 차례이다. "언제 한번"을 사랑하지 않을 수 없음을 매번 경험하고 고백하면서 말이다.